DE LA SITUATION.

IMPRIMERIE DE CÉSAR BAJAT,
RUE MONTMARTRE, 131.

DE LA

SITUATION.

PARIS.

CHEZ TREUTTEL ET WURTZ, LIBRAIRES,

RUE DE LILLE, 17;

ET CHEZ LES DIFFÉRENS LIBRAIRES.

1840.

De la Situation.

Depuis la révolution de Juillet bien des phases
gouvernementales se sont accomplies. L'affermissement de la société, dans les voies que ce grand
ébranlement lui a ouvertes ; le retour aux conditions normales de l'ordre, du travail régulier et
progressif, ont éprouvé des alternatives de bien

et de mal qui ont paru résoudre affirmativement ce formidable problème, ou le remettre en question. Mais, jamais encore, on ne s'était trouvé dans la situation extraordinaire où ces diverses péripéties ont placé le pouvoir, le trône, la législature, le commerce, l'industrie ; en un mot, le pays tout entier, au dedans et au dehors.

C'est donc faire une chose utile que de chercher à apprécier avec sincérité, modération, bienveillance même, pour toutes les opinions loyales, toutes les ambitions nobles, tous les patriotismes désintéressés, cette nouvelle épreuve à laquelle se dévoue un des esprits considérables de l'époque, entouré de quelques intelligences vives et généreuses, de quelques spécialités laborieuses et recommandables.

Je ne remonterai pas bien loin dans les dix années qui viennent de s'écouler, et dont les résultats ont malheureusement quelque rapport avec l'œuvre de Pénélope : *Faire et défaire.* — On pourrait diviser ce double travail en deux époques : l'une qui embrasse la période de 1830 à 1834, et l'autre de 1834 à 1840. — Je date de la funeste adresse de 1834 le mouvement de désorganisation. — Ce n'est pas de la récrimination, c'est de l'histoire.

J'ai bien résolu de me préserver de tout esprit

de retour sur les erreurs que je reproche à des raisons supérieures, dont l'entraînement à des luttes de personne et d'ambition a produit de si déplorables résultats. La coalition a commencé avec l'adresse que je rappelle. Puisse-t-elle avoir fini avec le vote mystérieux qui a renversé le ministère du 12 *mai*. Ses formes seules ont varié, suivant les choses et les hommes qu'elle avait à détruire ; mais son principe a été le même : *Renverser le pouvoir pour le remplacer*.

Jetons un voile sur ce passé. Acceptons les faits qu'il a créés. Efforçons-nous de les rendre profitables, et comme leçon et comme patriotisme. Rendons le bien pour le mal : c'est noble et grand ; c'est digne de tout ce qui porte un cœur français. Cette pensée généreuse, que je voudrais voir généralement admise, a tracé le plan de ma faible esquisse. La *situation*, voilà ce qu'il faut reconnaître. Le moyen de la faire tourner à l'avantage du pays et du trône, voilà l'objet de l'étude.

Mon aperçu se divisera en deux parties : *L'intérieur et l'extérieur* ; c'est-à-dire, *la France envisagée dans ses rapports avec elle-même et avec les nations étrangères*. Enfin, je concluerai de cet examen quel doit être le programme du nouveau cabinet, dont le chef a participé au travail d'organisation et de désorganisation des deux époques.

LA FRANCE A L'INTÉRIEUR.

Il est trop vrai que ce que l'on nomme l'*opinion* en France, un moment ramenée vers les principes d'ordre moral et de conservation, a été de nouveau pervertie par l'émission persévérante des doctrines abstraites du libéralisme, et les atteintes qu'elles portaient au principe monarchique. Par une singulière anomalie, les préjugés révolutionnaires se sont accrus en raison inverse de l'affaiblissement des partis. Ainsi, tandis que l'immense majorité du pays, chambres, magistrature, garde nationale, armée, commerce, industrie, tout, enfin, ce qui a intérêt à conserver, comprimait l'émeute des rues, vouait le régicide à l'exécration ; que l'opposition elle-même s'associait, dans ces momens extrêmes, à l'élan conservateur et à la résistance ; à peine le danger passé, la presse, qui se nomme libérale, reprenait de plus belle sa prédication dissolvante, et, tout en protestant de son respect pour la royauté, la signalait chaque jour comme l'obstacle à l'accomplissement de la grande œuvre de régénération sociale dont elle se proclame l'apôtre. Elle préconisait de lâches calomnies, d'audacieux pamphlets qui livraient la couronne à la haine et au mépris des peuples.

Nécessairement, les préjugés nationaux ont dû s'affermir, s'envenimer, et de la rue ils sont remontés dans l'ordre moral , d'où ils redescendront dans la rue, avec bien plus de chance de succès lorsqu'ils seront passés de la doctrine à l'action.

Je le demande à tout homme de bonne foi, à quelque parti qu'il appartienne : la royauté existe-t-elle réellement en France ? Le dogme qui la consacre est-il arrivé à l'état de principe incontesté, de telle sorte qu'on ne puisse le faire disparaître sans détruire notre organisation sociale tout entière ?..... — Tout le monde répondra *oui !* à l'exception de quelques radicaux incarnés , vieux ou jeunes ; — je ne parle pas des démolisseurs.

Et cependant, qu'est une royauté sans ascendant moral sur l'opinion? Qu'est une royauté qu'on peut impunément diffamer, avilir ; envers laquelle on croit faire acte de courage et de civisme, en lui jetant lâchement à la face des injures que le moindre des hommes punirait de la répression la plus violente au péril de sa vie? Qu'est une dynastie qui prodigue envain son repos , sa richesse, son sang même , pour assurer la paix , la grandeur, la gloire du pays et que l'on accuse outrageusement d'égoïsme, de sordidité, de couardise ?

Non ! il n'y a pas de royauté avec un roi dont le monde entier proclame la sagesse, les hautes vertus, le sublime dévoûment au pays ! Il n'y a pas de royauté avec une famille de rois, qu'on adorerait comme famille privée, et qu'on maudit, ou qu'on laisse maudire, par cela seul qu'elle est royale, ou plutôt, qu'elle a le malheur d'en porter le nom. Que l'opposition dynastique, celle qui conçoit *un trône entouré d'institutions républicaines*, réponde, et qu'elle entreprenne de nier ces faits !

Pour être juste, cependant, je conviendrai que des fautes ont été commises ; que nos gouvernans successifs n'ont pas suffisamment étudié l'état des préjugés propagés par la presse, qui a conçu en vision une royauté fantastique, qu'elle nomme la *royauté de Juillet* ; — comme s'il y avait un principe monarchique tout particulier pour cette nouvelle phase de notre révolution. Sans doute, la France, non pas de *Juillet* seulement, mais la France de plusieurs siècles, n'a plus admis comme maxime absolue la royauté d'un droit divin. Sous le règne du plus impérieux, du plus puissant de nos rois, sous Louis XIV, lui-même, tous nos grands philosophes, nos grands moralistes, nos grands poètes, ont porté

le flambeau de l'examen dans le dogme monarchique : ils n'ont reconnu de droit divin que celui de
Dieu. La dégénération du règne suivant a conduit
à l'affaiblissement de l'institution, et la révolution de
89 en a achevé la ruine.

C'est alors qu'a commencé l'œuvre immense, sinon insoluble, de combiner le principe monarchique avec le principe constitutionnel, ou démocratique. Un demi-siècle d'épreuves terribles, glorieuses,
n'a pas suffi pour l'accomplir; et, certes, ce n'est pas
avec des abstractions, des émeutes, des pamphlets,
des assassinats, qu'on parviendra à obtenir cette
solution problématique.

Je disais donc que l'on ne s'était pas rendu assez
compte, dans les régions du pouvoir, de l'état ac-
tuel des préjugés, et qu'on avait soulevé, en les bles-
sant, des résistances dangereuses.

Je ne m'excepte pas de cette erreur. J'ai eu le
tort de croire un moment à la justice, à la noblesse,
à la magnificence du pays. Je m'étais fait un bonheur, un honneur presque, de l'exciter à dédom-
mager généreusement le trône de ses efforts, de ses
douleurs, de son abnégation. Je me sentais fier et
reconnaissant de l'admirable monument artistique,
royal hommage offert à toutes nos gloires. Il me semblait digne d'un peuple comme le peuple français,

d'élever au plus haut degré de splendeur la couronne, dont l'éclat rejaillit sur lui, dont la richesse, la puissance sont pour lui. Je croyais par là glorifier, à la fois, et le trône et la France.

Je me suis trompé avec les hommes du pouvoir.

La loi des apanages, celle de la dotation de nos princes, ont été la conséquence de cette illusion généreuse. Elles devaient tomber devant les préjugés habilement exploités, devant l'audace des pamphlétaires. C'était à prévoir. Je le répète : c'est une faute.

Quel est le cabinet appelé à la réparer ; à ramener le pays de cette prévention fatale contre la couronne ? Celui-là méritera des statues, car il aura la gloire d'avoir résolu le problème ; c'est-à-dire, d'avoir fait passer le dogme de la monarchie constitutionnelle à l'état de réalité, et réconcilié le pays avec le trône.

J'ai dû parler, avant tout, de cette question capitale, et signaler la situation, en ce qui touche à la base fondamentale de notre institution. Que si de l'établissement monarchique nous passons à l'action gouvernementale et administrative, nous trouvons les mêmes causes de désorganisation, et, par conséquent, les mêmes effets. C'est le résultat logique de l'action dissolvante du libéralisme.

Que veut-on que puissent être le gouvernement et l'administration, quand le trône, qui en est la source, se trouve arrivé à ce point d'impuissance et de dégradation? C'est nécessairement la même atonie, le même avilissement. Il ne peut y avoir de pouvoir fort et respecté dans la région inférieure, là où la sommité est paralysée, outragée.

Évidemment encore, et toujours par voie de conséquence, quand l'impulsion gouvernementale et administrative est affaiblie, le mouvement productif du pays en souffre ; le commerce, l'industrie, l'agriculture languissent. Comment pourrait-il en être autrement? C'est par le concours de tous les pouvoirs et de l'action sociale tout entière ; par cette harmonie de la force et du mouvement, que les nations prospèrent et accroissent leur puissance. Plus que toute autre, la France a besoin de cet accord, et plus que tout autre elle travaille à le détruire. Funeste contradiction qui lui enlève la plus grande partie de sa vigueur et de sa richesse.

Le jour où cette vérité passera dans les esprits ; où le gouvernement s'efforcera de détruire progressivement les préjugés, en évitant habilement de les heurter ; où la chambre élective, cette représentation trop fidèle d'une opinion de fausse indépendance, de fausse économie, de fausse égalité, voudra bien prendre

son mandat, non pour ce que les partis le lui font,
mais pour ce qu'il doit être : la mission de récla-
mer toutes les améliorations morales, toutes les
lois protectrices de l'ordre, tous les moyens de
développement et de régularisation du travail; le
jour où cette réunion de passions nobles, mais mal
comprises, d'ambitions élevées et de jalousies étroites, de vues grandes, fécondes et de systèmes mes-
quins, stériles; le jour, dis-je, où la représentation nationale secondera avec loyauté, affection, un
pouvoir intelligent et actif, ce jour-là tout est gagné
pour tous. Il doit être possible d'y arriver; mais
quand et par qui?...

Je reste, pour le moment, dans cette généralité;
aussi bien, quand j'arriverai à formuler ce que je
conçois devoir être le programme du nouveau cabinet, je serai plus positif : je parlerai des choses.

Toujours est-il qu'à considérer l'état moral et
matériel de la France à l'intérieur, la situation est
favorable pour le gouvernement qui saura s'emparer
du vague, de l'incertitude des esprits et de la souffrance qu'éprouve toute l'action productive.—Il y a
tout à faire pour ranimer le mouvement dans ce
corps plein de vigueur que la sève inonde, et à laquelle il faut donner au plus tôt une large issue.

LA FRANCE A L'EXTÉRIEUR.

C'est ici le point de vue le plus important et le plus difficile : celui sur lequel nos préjugés et notre nature française peuvent exercer une influence heureuse ou funeste. La paix ou la guerre en sont la conséquence nécessaire.

Pour se rendre bien compte de la situation et de la politique à suivre, il faut faire un rapide retour sur l'organisation de la France, telle que les révolutions de 89 et de 1850 l'ont faite pour elle et pour les autres.

Comme je l'ai dit, la révolution a détruit, d'une manière irrévocable, le droit divin dans son application au principe monarchique ; et, sous ce rapport fondamental, elle a nécessairement ébranlé ce principe partout où il est encore en vigueur.

L'Europe ne se trompait pas lorsqu'elle se coalisait contre la France pour le lui imposer de nouveau. Vains efforts ! la république le refoula bien loin d'elle, et l'empire accomplit l'œuvre glorieuse.

Une seule nation avait intérêt à voir s'établir et

se propager la monarchie nationale ou constitutionnelle, c'est l'Angleterre. Au lieu de s'unir aux défenseurs du droit divin, elle aurait dû, pour être logique, s'allier à la France pour les combattre. Mais pour l'Angleterre le premier de tous les principes, c'est *son intérêt*, et cet intérêt se trouvait alors à affaiblir la France, à la détruire même, si cette destruction eût été possible. Je reviendrai tout à l'heure sur cette observation, à l'occasion de nos alliances, dans mon projet de programme.

La croisade du droit divin contre la France démocratique ne fit donc qu'ajouter à la force de sa nouvelle institution. Le génie qui en sortit lui imprima cette grandeur, cette cohésion admirable qui en font l'agrégation sociale la plus puissante des temps modernes; les revers n'ont pu l'affaiblir, tant l'organisation est solide et profonde. La Restauration y trouva son point d'appui : heureuse si elle avait su la mieux comprendre !

La nouvelle phase révolutionnaire qui s'est accomplie, par la faute de la branche aînée de la dynastie, a rendu à l'Europe toutes ses alarmes. — Il faut constater, cette fois, à la louange de l'Angleterre, qu'elle a mieux compris son véritable intérêt qu'en 89. L'expérience de la lutte acharnée qu'elle avait soutenue et alimentée contre la France lui a servi de leçon. Elle avait été mise à deux doigts de sa perte par le système gigantesque du blocus continental ; et, quelque velléité de jalousie qu'elle montre encore, on n'a pas à craindre qu'elle retombe dans la faute qui a failli la détruire.

C'est à cette sage appréciation de son intérêt mieux entendu qu'il faut attribuer le rapprochement de l'Angleterre pour la France, alors qu'au contraire les puissances du nord s'en éloignaient et reprenaient contre nous une attitude hostile. — Elles étaient dans leur droit, aussi, par la même raison. L'expérience des guerres, désatreuses pour elles, de la révolution et de l'empire, était faite pour leur donner de sérieuses appréhensions.

Mais, là encore, le système de défense a changé. Il ne s'est pas agi, comme en 89, de se porter contre la France, mais de se prémunir contre elle ; et, à l'exception de la Russie, peut-être, qui avait pu, dans les premiers momens d'irritation et d'effroi, concevoir la pensée d'une agression, l'Autriche, la Prusse, l'Allemagne centrale, la Hollande, n'ont songé qu'à écarter toute cause de collision avec la France.

La raison en est simple.

L'Autriche n'a pas oublié que l'Italie a long-

temps regretté la domination française : la Prusse, que les provinces rhénanes, si heureuses pourtant sous ce gouvernement équitable et paternel , palpitent encore au seul souvenir de leur affiliation glorieuse à l'empire. — L'Allemagne centrale signale, par l'application du régime constitutionnel, ses sympathies avec nos institutions.

Eh bien ! l'Autriche, la Prusse, l'Allemagne, la Hollande, n'ont plus voulu jouer au jeu des batailles, pour perdre en un jour le fruit de vingt-cinq ans de paix et de bien-être progressif. De là ce système d'observation craintive, si mal connu en France, et que nos trompettes de gloire ont toujours représenté comme un système d'agression. Si nos gouvernans ont eu un tort, c'est d'avoir pu croire à la provocation de l'Europe continentale : elle se gardera bien de s'y livrer, par la certitude qu'elle a de l'affreux désordre qu'une nouvelle lutte jetterait dans cette agglomération hétérogène de peuples et d'institutions.

Mais cette certitude bien acquise ne doit pas nous porter, non plus, à devenir provocateurs nous-mêmes. Rien de plus contraire à la véritable gloire, à la véritable force, au véritable intérêt de la France, que cette politique de présomption et d'aventures que nos don Quichotte de la tribune et de la presse exaltent chaque jour.

C'est par elle que nous perpétuons une défiance préjudiciable à tous, et que nous méritons cette accusation de fanfaronade, qui est au courage ce que le charlatanisme est à la science, l'hypocrisie à la vertu.

Une fois ces données, sur les dispositions réelles de l'Europe envers la France, bien reconnues, la politique qu'elle doit suivre envers les autres puissances me paraît bien simple, bien sûre; et, sans prétendre en remontrer à nos hommes d'état et à la couronne elle-même, je puis me permettre d'exprimer l'opinion que j'ai pu me former par moi-même dans les explorations politiques auxquelles je me suis livré. Ce sera l'objet du programme auquel ces réflexions substancielles servent d'introduction.

PROGRAMME.

Ce qu'il y a de bon dans ce que je vais dire, c'est que tous les cabinets peuvent se l'approprier. Les noms ne sont rien pour moi. J'ai mes sympathies, sans doute, et parmi ces noms il en est un que je regrette profondément, et dont j'ai un moment espéré l'adjonction à celui de M. Thiers. — Peut-être vaut-il mieux qu'il se réserve pour une application nouvelle, et dont il sera le seul inspirateur.

Nous avons fait la triste expérience de deux volontés supérieures, rivales, dans le même pouvoir. Laissons chacune à son œuvre : qu'elle la fasse librement, et en réponde : c'est, je crois, le meilleur et le plus sûr.

Voici les principales questions à résoudre à l'intérieur. Elles se divisent en questions morales et positives.

Questions morales.

Détruire les préjugés contre le trône, et ramener au respect qui lui est dû , à l'affection dont il est digne.

Rendre au pouvoir l'unité, par conséquent la force.

Organiser la presse politique et sociale, en la mettant en harmonie avec la liberté que la charte consacre, et le respect dû à la propriété et l'industrie. Rien de plus simple, de plus honorable, et pour le gouvernement et pour la presse elle-même. Rien de plus équitable, de plus constitutionnel.

Questions positives.

Ranimer l'action administrative, et lui imprimer une large direction.

Résoudre les principales lois d'économie politique présentées aux chambres, et la noble loi qui renferme une question d'honneur national et d'avenir.

La loi *sur les sucres* ;
  sur la banque de France ;
  sur les chemins de fer ;
  sur la conversion des rentes ;
  sur la colonisation de l'Algérie.

Quelques mots sur chacune de ces lois.

La loi sur les sucres.

Elle présente de très graves difficultés, et, cependant, sa solution me paraît simple. Il y a, dans cette déclaration, de la témérité peut-être : je prie qu'on m'accorde un peu d'attention.

L'honorable M. Cunin-Gridaine, auquel succède M. Gouin dans l'administration si importante du commerce, avait été inspiré par les motifs les plus respectables, en même temps que les plus solides, en ce qui touche les intérêts du trésor. Le projet de loi qu'il a conçu et présenté, avec une conviction dont tous ceux qui ont eu le bonheur de le connaître ont pu apprécier la force, ce projet de loi a été accueilli, il faut bien le dire, avec peu de faveur par toutes les parties intéressées.

L'industrie indigène n'a vu dans la pensée de l'indemnité qu'une déception, en ce sens, qu'elle ne lui serait pas accordée ; et, dans le cas d'adhésion, elle n'y trouvait qu'un trop faible dédommagement de sa ruine complète.

Nos économistes *terriens*, ceux qui ne conçoivent la France que purement agricole et destinée à fournir seule à tous les besoins de ses peuples, se sont vivement récriés contre le coup porté à cette industrie nationale, qui a le grand avantage d'affaiblir, pour une certaine part, notre commerce d'échange avec les pays d'outre-mer ; par conséquent de porter dommage à nos diverses branches d'industrie manufacturière : — sans compter le vide fait à la culture des céréales, la première des productions nourricières.

De leur côté, les ports de mer ont trouvé excessive l'élévation de droit dont les sucres de nos colonies et ceux de provenance étrangère seraient frappés. Ils ont vu, dans cet accroissement de charge, la réduction des importations et des exportations, nécessairement, la diminution du mouvement maritime et la réduction du produit des douanes.

Nos colonies ont témoigné, par l'organe de leurs délégués, leur mécontentement aussi de cette surélévation d'impôts, et de l'infériorité de la surtaxe sur les sucres de provenance étrangère.

Il est donc probable que le projet de loi eût succombé devant ce concours d'oppositions intéressées. Et, cependant, les motifs qui l'avaient inspiré à M. Cunin Gridaine étaient plausibles, équitables.— Il avait voulu ramener les deux productions à *l'égalité de l'impôt* ; en élever le produit à un chiffre, qui, sans gréver trop fortement la consommation, de manière à ne pas la réduire, fît entrer un large contingent dans la caisse du trésor. — Enfin, l'indemnité, que cette élévation d'impôt eût permis aisément de payer, lui semblait légitime.

J'ai eu plusieurs fois l'occasion de discuter le projet de loi avec son honorable auteur, qui apportait dans ce débat officieux toute la modération, la modestie de son caractère ; et je lui ai humblement soumis quelques idées, qui me paraissent dignes d'occuper la méditation du nouveau cabinet.

S'il faut en croire l'interprétation donnée à l'une des principales pensées politiques de M. Thiers, dont l'autorité sera justement grande, si non absolue, auprès de ses collègues ; *l'alliance Anglaise, quand même*, doit faire la base de son système à l'extérieur. Ainsi cette alliance, soit qu'on la considère sous les rapports avec la politique pure ou l'économie politique, dominerait toutes les autres relations de la France à l'étranger, et nos grands intérêts de production intérieure. Je parlerai, tout à l'heure, de cette interprétation, que je suis bien loin d'admettre: je ne l'envisage que relativement au projet de loi sur les sucres.

M. Thiers a été ministre du commerce; il a porté dans cette vaste partie de notre administration cette perception vive qui le distingue et lui permet d'embrasser la généralité des sujets et des travaux. On le dit favorable au système continental, par conséquent, peu disposé à étendre le commerce maritime et à seconder le développement de notre puissance navale.

Je présume mieux de cette intelligence supérieure ; et, par cela même qu'elle s'applique à tout, je dois croire que M. Thiers comprend à merveille que la France a reçu du ciel une admirable situation géographique, qui lui donne la double force d'une nation agricole et maritime ; dès lors, qu'elle est appelée à remplir sa double mission civilisatrice et productive sur terre et sur mer.

Cela convenu, quoi de plus logique que le sys-

tème qui tend à développer notre richesse territo-
riale et industrielle par l'accroissement de leurs
doubles produits; notre richesse commerciale, par
l'accroissement de leur exportation. Cette idée est si
simple que tout esprit peut la concevoir.

Eh bien! n'est-il pas admis en économie, que
plus une denrée de consommation usuelle peut être
obtenue à bas prix, plus cette consommation aug-
mente? — N'est-il pas d'une sage et équitable politique de mettre à la portée de toutes les classes ces
denrées qui contribuent à la santé, à la jouissance
de ces intéressantes populations : leur bien-être est
un gage de repos pour le pays. — Et si ces objets de
consommation nous viennent, en très grande partie,
des pays d'outre-mer, ne conçoit-on pas que plus
l'importation en est grande, plus les productions
indigènes du sol et de l'industrie que ces pays reçoi-
vent en échange, trouvent aussi d'écoulement par le
commerce d'échange. En vérité, ce serait faire injure
à M. Thiers que de le supposer contraire à ces principes si clairs, si certains, de la véritable économie.
Et pourquoi la loi sur les sucres n'en recevrait-
elle pas aujourd'hui l'application? C'est ce que
j'avais l'honneur de dire à M. Cunin-Gridaine, et
ce que je prends la liberté d'exprimer à son successeur.

Voici mon projet de loi, à moi : — Il se réduit à trois dispositions principales.

Les 100 kil.

Taxe sur le sucre indigène	10 fr.
— sur notre sucre colonial.	20
— sur les sucres de provenance étrangère.	30

Je laisse à régler les dispositions secondaires pour les diverses qualités et le rendement, sur ces bases fondamentales ; et je justifie mon projet par quelques indications substancielles.

Comme je viens de le dire : l'abaissement considérable du droit réduira, dans une forte proportion, le prix du sucre, et en accroîtra nécessairement la consommation qui descendra dans les classes les plus nombreuses. Il serait difficile d'apprécier ce développement ; mais il est pour moi hors de doute qu'avant peu d'années la consommation aurait doublé, triplé, peut-être.

Admettons que la première année elle ne s'élève que d'un quart sur 120 millions de kilogrammes : Ce serait donc 150 millions. — Divisons-les.

40 millions (production indigène) à 10 fr. les 100 kil.			4,000,000
80 — (nos colonies). . . . à 20	——	.	16,000,000
30 — (provenance étrang.) à 30	——	.	9,000,000
Total.			29,000,000

C'est donc **29** millions de revenu *direct* ; à quoi

il faut ajouter le revenu *indirect*, rapporté par les denrées ou marchandises exportées, en échange de l'importation des 110 millions de sucres coloniaux ou de provenance étrangère.

En fait d'impôts, on commet généralement une grande erreur : c'est de ne compter que le revenu *direct*, sans s'occuper du revenu *indirect*. Comme si tout ne se liait pas.dans le mouvement incessant du travail et de la production ; comme si tout ce qui contribue à accroître ce mouvement ne se résumait pas en augmentation de richesse publique et privée.

Cependant, cette vérité si simple, si palpable, dont nous trouvons tous les jours la démonstration mathématique dans notre grand livre des douanes ; dans notre comptabilité générale : *contributions foncières, domaines, enregistrement, timbres, postes ;* en un mot, dans tout ce qui compose nos recettes publiques, notre trésor national ; cette vérité n'est pas encore entrée dans l'esprit de nos législateurs ; bien peu l'ont admise, et travaillent avec plus de persévérance que de succès à la faire prévaloir. — M. Thiers doit être certainement de ce nombre ; il a une belle occasion de le prouver : ce sera un grand service rendu à la véritable science économique.

Je viens d'établir avec des chiffres quel sera le produit *direct* des sucres, par l'élévation la moins exagérée de la consommation, si l'on adopte le large abaissement des taxes, en conservant entre les trois productions, indigène, coloniale et étrangère, une différence équitable et rationnelle. — J'ai démontré que ce revenu direct s'accroîtrait de l'augmentation du revenu indirect, favorisé par le développement de nos exportations.—Enfin, je ne crains pas d'affirmer qu'avant trois ans ce résultat combiné sera doublé, triplé peut-être, par l'élévation toujours croissante de la consommation du sucre, qui descendra jusque dans les classes les plus infimes : c'est pour moi un résultat mathématique.

Les bornes que je me suis imposées dans cet aperçu, ne me permettent pas de donner plus de développement à ma démonstration. La loi va entrer, de nouveau, dans la discussion publique ; j'y reviendrai.—Il m'aura suffi d'appeler l'attention du cabinet et des chambres sur ce litige capital de notre institution économique.

La loi sur la Banque de France.

Ici M. Thiers va se trouver parfaitement placé pour faire prévaloir les saines doctrines de conservation et de progrès, dans la vaste application financière qui en est faite. Le nouveau président du conseil avait été nommé à l'unanimité, je crois, président et rapporteur de la commission spéciale, chargée d'examiner le projet de loi sur la Banque de France. Son opinion, toute favorable à ce puissant établissement national , lui avait valu le choix de ses honorables collègues ; en outre de l'extrême aptitude avec laquelle il saisit toutes les questions, particulièrement celles de finance.

Je suis du nombre de ceux qui considèrent la Banque de France et son habile administration comme une de nos plus utiles , de nos plus fécondes institutions publiques. Toute matérielle, en réalité, elle n'exerce pas moins une immense influence morale, par le bien qu'elle produit, dont l'accroissement peut être considérable encore. C'est bien à tort qu'on lui a reproché de ne pas répondre à son titre de *Banque de France*, parce que son siége est *à Paris*, et que, naturellement, ses opérations principales sont là où se trouve l'établissement. Il suffit de se rendre compte du mécanisme des transactions commerciales et industrielles, pour reconnaître qu'elles se résolvent, pour la plus grande partie, en valeurs *sur Paris*, non-seulement en France, mais à l'étranger. Ces valeurs viennent nécessairement aboutir *à Paris*, lieu du paiement. Elles sont la principale monnaie ayant cours partout, et, cette monnaie, c'est la Banque qui la recueille.

Ecartons donc le grief soulevé par cet esprit de

fronde et d'injustice qui n'est satisfait de rien ; et disons, pour être d'accord avec les faits, que la Banque de France est bien la *Banque de France*.

Au surplus, en admettant que le reproche de n'être pas *nationale* pût lui être sérieusement adressé, convenons, du moins, qu'elle s'applique à s'en faire absoudre, par l'établissement de succursales dans les principaux centres du commerce et de l'industrie. Plusieurs comptoirs ont été fondés ; ils ont rendu de grands services dans un rayon fort étendu. D'autres peuvent être nécessaires encore ; ne doutons pas que l'administration de la Banque ne s'empresse de les constituer : c'est son devoir et son intérêt, et elle les comprend parfaitement.

Il lui restera à régler les rapports qu'elle peut ouvrir avec les banques locales, ses utiles auxiliaires. L'avantage est réciproque entre elles ; ce sont choses toutes simples, et du ressort de la seule administration ; la loi n'y a que faire.

Mais un point capital à fixer par la loi, et dont les heureuses conséquences sont incalculables, c'est la création *d'un comptoir spécial d'escompte pour le petit commerce et la petite industrie*. Depuis huit ans je poursuis cette organisation avec une persévérance que rien n'a pu lasser. L'occasion est belle et je m'en empare.

Voici le fait :

On ne se doute pas, dans les hautes régions de la finance et du commerce, des difficultés de tout genre qu'éprouvent les petits commerçans, les petits industriels.—La nature de leurs opérations ne comporte, comme résultats, que des réglemens en très infimes effets de commerce, sur Paris ou les départemens, et la négociation en est livrée à la rapacité de prétendus escompteurs de bas étage, autrement dits *usuriers*. Evaluer ce qu'enlève au travail cette effroyable usure est impossible ou incroyable. — Il n'y a pas de bénéfices, d'économie, qui puissent y résister.

J'ai raconté comment en 1851, au sortir de la révolution qui suspendit toutes les transactions et la circulation de l'argent, on eut l'heureuse pensée de fonder un comptoir spécial d'escompte, pour cette intéressante et innombrable classe de travailleurs. On lui constitua un fonds de *cinq millions*, environ, formé avec un capital de *treize cent mille francs*, distrait du prêt de *trente millions*, et le cautionnement de la ville de Paris pour *quatre millions*.—C'était bien jusque-là.

Mais comme il est dit qu'en France on doit porter l'instabilité dans les meilleures choses, on commit la très grande faute de borner à *un an* l'action bienfaisante du petit comptoir ; de telle sorte, qu'en commençant ses opérations on dut songer déjà à les liquider.

Eh bien ! malgré cette condition d'existence précaire et bornée ; malgré l'état de crise qui dut amener des sinistres, comme il arrive nécessairement et à des époques extraordinaires ; malgré la nécessité de liquider violemment, le petit comptoir escompta pour une valeur de plus de *dix-huit millions*. Il eut un mouvement de compte de *quatre-vingt millions*, et, en résultat, il n'a donné que *deux cent mille francs* de déficit, que la Banque de France a gagnés, à peu près, par les escomptes.—On peut juger par là de ce qu'il produirait, comme profit, dans une série moyenne de dix ans, pendant laquelle on peut compter neuf bonnes années sur une mauvaise. C'est à grand'peine, à force d'instances, que l'on put obtenir une prolongation de six mois pour les opérations du petit comptoir. Il cessa ses escomptes en septembre 1852, après dix-huit mois d'existence. Belle conclusion d'une excellente pensée ! Qui pourrait dire les désastres que cet établissement a prévenus dans ce court intervalle ; les douleurs qu'il a évitées à la classe laborieuse ; les sacrifices qu'il a épargnés à la ville de Paris, elle-même ?

L'épreuve est donc faite et parfaite; il ne s'agit plus que de réorganiser sur des bases permanentes le petit comptoir d'escompte, et jamais les circonstances ne le réclamèrent plus impérieusement, pas même après 1850. On n'a qu'à compulser les tables des faillites du tribunal de commerce; à comparer les deux époques, l'on se convaincra de l'urgence de cette réorganisation. — Mais par quel moyen? sur quelles bases? le voici :

L'honorable M. Ganneron, qui s'occupe avec un zèle et une abnégation trop rares dans nos temps d'égoïsme, de tout ce qui peut contribuer à améliorer le sort de la population parisienne, et auquel le petit comptoir d'escompte dut en grande partie son existence en 1831, avait présenté à la chambre des députés, en 1834, un projet de loi fort simple, en quelques mots, ayant pour objet de fonder, dans le sein même de la banque de France, cet établissement tutélaire d'une manière durable. Son projet fut écarté par des considérations en dehors de l'utilité de la loi, et qui ne sauraient se reproduire aujourd'hui. Évidemment, ce qui pouvait être regardé comme inopportun à cette époque, devient, au contraire, de la plus parfaite opportunité, au moment où l'on s'occupe de la banque de France. C'est le cas, ou jamais, d'y introduire la disposition favorable à l'institution du petit comptoir d'escompte.

Je reprends le projet de loi de M. Ganneron, en ces termes :

« Il sera prélevé, à partir de la promulgation de la présente « loi, sur la réserve de la Banque de France, un capital de *dix* « *millions de francs*, destiné spécialement à servir de fonds au « comptoir d'escompte, pour les valeurs du petit commerce et « de la petite industrie.

« L'escompte sera de *cinq pour cent* pour les effets qui n'excé- « deront pas *quatre mois*, et de *six pour cent* pour ceux qui dé- « passeront *quatre mois* et jusqu'à *six mois*, terme après lequel « les effets ne seront plus admis.

« Il suffira de *deux signatures*, y compris celle du souscrip- « teur, sur les effets, pour les faire admettre à l'escompte.

« Les valeurs sur les départemens seront également admises « dans les mêmes conditions, avec la remise de *demi pour cent*, « pour le change de place à place.

« L'administration du comptoir d'escompte sera divisée en « plusieurs sections principales, auxquelles viendront aboutir « les diverses branches de commerce et d'industrie qui ont entre « elles de l'analogie et de la connexité.

« Ces sections seront composées des principaux commerçans « et industriels de chaque branche ; les membres en seront à la « nomination de la Banque de France.

« Les fonctions des membres du comptoir d'escompte seront « gratuites. Le directeur et les employés du comptoir seront « seuls salariés. Leur nomination appartiendra également à la « Banque de France. »

Voilà toute l'économie de cette organisation à introduire dans la loi. Aucune objection sérieuse ne peut être opposée.

Je dois prévenir, cependant ; celle que j'ai entendu faire par des hommes très expérimentés, d'honorables membres de la banque de France, elle-même : c'est que le comptoir spécial est inutile, en ce que les plus petits effets arrivent à la banque. On en trouve, dit-on, la preuve dans le rapport de M. le comte d'Argout, gouverneur de la banque. Ce rapport constate que, sur plus de 600,000 effets escomptés en 1839, on trouve 66,500 effets *au-dessous de* 200 fr. et 345,000, plus de la moitié, *au-dessous de* 1,000 fr. ; et de là, on conclut que le petit commerce, la petite industrie trouvent à négocier leurs valeurs.

Oui ! mais à qui ? — Le premier preneur est *l'usurier* ; celui qui s'engraisse de la sueur du fabricant et en dévore dix fois le bénéfice. Et l'usurier ne va pas lui-même à la banque de France ; il passe par les mains d'un escompteur plus fort et mieux famé. A son tour, celui-ci négocie à un banquier en titre ; et, de degré en degré, l'effet, si petit qu'il soit, arrive, en réalité, à la banque ; mais le premier souscripteur, la victime, n'y est pour rien ; il est écrasé par l'usure. Il faillit et ruine nécessairement ses créanciers. Ses ouvriers sont sans ouvrage ; ainsi de ruine en ruine, de souffrance en souffrance, on arrive au désespoir et à l'émeute.

Comment ne pas voir, au contraire, ce qu'il y a

de bienfaisance, de sagesse, de moralité, à donner à l'humble travailleur un moyen d'action aussi puissant que le crédit dans ses conditions relatives ? Que d'excitation honnête, généreuse, n'y a t-il pas dans cette institution, à laquelle il ne peut prétendre d'avoir accès que par la probité, l'ordre, l'économie! N'est-ce pas, à la fois, un appui et un titre d'honneur d'y participer, et comme *escompté* et comme *escompteur* ? Oui, sans doute, c'est dans ce double intérêt matériel et moral que se trouve la force de cette org nisation du travail par le crédit.

M. Thiers comprendra certainement cette pensée, et je la lui livre, ainsi qu'à la sagesse, à la libéralité de la haute administration de la banque. Les chambres ne peuvent que s'y associer, et en sanctionner l'application. Le cabinet du 1er *mars* y trouvera un excellent moyen de bonne et solide popularité ; pour ma part, placé en dehors de toutes les querelles des ambitions et des partis, j'y applaudirai de grand cœur.

C'est encore un sujet à reprendre.

La loi sur les Chemins de fer.

Plus j'avance dans le programme que je conçois pour le ministère, plus je trouve la partie belle pour lui, s'il sait la jouer. Que d'intérêts pressans, impérieux, à présenter à la raison, à la prévoyance, à la justice, au patriotisme des chambres !... Je dis qu'il a beau jeu, car il peut mettre au défi toutes les oppositions, en se plaçant sur le terrain des ces intérêts imminens ; en écartant toutes les questions oiseuses et stériles.

On se souvient, sans doute, de l'histoire, véritablement malencontreuse, des chemins de fer. Ce n'est pas le plus beau de celle de la coalition ; mais, quelque désir que j'aie d'écarter ce souvenir néfaste, il faut bien que j'en touche un mot, puisqu'enfin c'est de l'histoire.

Le ministère du 15 *avril* (qu'on me pardonne cette réminiscence ! je me garde bien de dire cette récrimination), avait eu la vaste pensée, (pardon encore !) de confier au gouvernement l'exécution des grandes lignes de chemin de fer. Il avait cru que l'esprit d'association n'était pas assez fort en France pour embrasser des travaux si considérables, et nécessitant l'absorption d'immenses capitaux. L'état seul, avec ses puissantes ressources, son crédit national, son administration forte, homogène, pouvait accomplir cette œuvre colossale, et en faire profiter le pays, avec bien plus d'avantage que les compagnies, par le faible prix des tarifs. — Bref, à tort ou à raison, c'était la croyance du 15 *avril*, et il la présenta à l'examen des chambres. — Mais alors...

Le système des compagnies prévalut, et l'on vit plus d'un promoteur de celui du gouvernement, subitement converti, faire triompher la cause des compagnies. On sait aussi ce qu'elles sont devenues, et comment le prestige des noms les plus éminens de la finance n'a pu amener les entreprises des grandes lignes à l'état d'exécution première. Quelques compagnies honorables et dévouées luttent encore contre un principe vicieux : elles sont dignes d'encouragement et d'appui; le gouvernement et les chambres les leur doivent.

Mais enfin, voilà la situation.

Le ministre spécial qui vient de faire place à M. le comte Jaubert, M. Dufaure, avait, dit-on, bien compris cette grave question, et l'on annonçait la présentation d'un projet de loi qui rentrerait dans la pensée du cabinet du 15 *avril*. C'est une justice tardive, mais qu'il faut s'empresser d'accepter. On doit la rendre aussi à M. Jaubert : la chaleur de la lutte parlementaire ne put l'entraîner en dehors de ses convictions; il resta fidèle au système de l'exécution des grandes lignes par le gouvernement : c'est un précédent très honorable et très utile.

Au surplus, l'exemple de la Belgique est là pour appuyer ce système. Aucun pays, sans en excepter l'Angleterre, n'est, relativement, plus avancé dans l'établissement des chemins de fer ; et, cependant, en Belgique, c'est le gouvernement seul qui en a l'entreprise et l'administration. Tout donc doit encourager le nouveau cabinet à aborder largement et au plutôt cette question, l'une des plus intéressantes que la législature ait à résoudre.

Les canaux, la navigation fluviale, sont aussi des sujets urgens qui réclament la plus vive sollicitude. M. Jaubert est encore fort heureusement placé pour les mener à bien, tout esprit de parti ou de coterie à part.

La loi sur la conversion des rentes.

Ici, je dois m'abstenir. C'est une des conditions du programme que, dans ma conviction la plus profonde, je ne saurais accepter. Je m'efforcerai de la justifier et de faire prévaloir cette conviction, si c'est possible encore. — Si mes souvenirs ne me trompent pas, M. Thiers fut, un moment, un des plus ardens adversaires de cette grave mesure. Ses opinions ont dû changer ; les miennes se modifieront peut-être aussi ;

mais, jusqu'à présent, tout ce qui a été dit et écrit, loin de les affaiblir, n'a fait qu'y ajouter une force nouvelle. — Je me tais donc, provisoirement, sur ce sujet, et je laisse au cabinet, où se trouve l'un des plus persévérans promoteurs de la conversion , le soin de la faire consacrer par les chambres et par le roi.

La colonisation de l'Algérie. — Les crédits supplémentaires.

Voici mon terrain, et, je l'espère bien aussi, ce-lui du ministère , de son chef, surtout. Je n'ai ja-mais pu concevoir qu'on put envisager cette grande question nationale comme une de ces entreprises de gain qu'on calcule par sous, mailles et deniers. Com-ment n'a-t-on pas vu qu'il s'agissait d'honneur, de courage, de gloire, de puissance, de richesse même, toutes choses qui font vibrer un cœur français, et qu'on ne peut en arracher par des discussions froi-des et des arguties prétendues économiques?

Sans doute, au moment de la conquête d'Alger, il ne s'agissait que de punir un insolent pirate ; d'affranchir la chrétienté tout entière des avilissans tributs qu'il lui imposait. Mais du moment que la France se chargeait d'une telle entreprise, elle était seule maîtresse de savoir jusqu'où les conséquences de sa conquête pourraient la porter.

Eh bien ! la raison seule indique qu'il ne lui a plus été permis, alors qu'elle l'aurait voulu, d'abandonner sans indignité l'entreprise si glorieusement commencée. Une fois le pied posé dans la régence, il fallait l'embrasser tout entière, ou s'en retirer honteusement.

J'avoue que je n'ai jamais pu m'expliquer le système *mi-guerroyant*, *mi-pacifique*, que quelques hautes raisons ont imaginé.—« *Pas d'expéditions*, disait-on, *arrêtons-nous là !* » Fort bien, si les Arabes vous y laissaient tranquilles ; si vous étiez libres de vous y installer et de coloniser l'espace dans lequel vous vous serez circonscrits. Mais qui ne voit pas que cette circonscription est impossible ? Tant que vous n'aurez pas la domination de *la régence tout entière*, pour l'organiser avec les indigènes eux-mêmes, à qui vous rendrez cette domination utile et douce, et dont vous serez les protecteurs, vous serez assaillis dans les limites que vous vous serez tracées ; et plus elles seront étroites, plus l'attaque sera redoutable, car tout le pays, moins les points occupés, sera contre vous.

Vous ne voulez pas, dites-vous, faire de la domination romaine : Eh ! tant pis pour votre renommée de grand peuple ; tant pis pour votre richesse ! Les Romains, cependant, nous ont laissé d'assez nobles souvenirs de leur puissance ; le monde entier l'atteste par les vestiges, imposans encore, de leurs magnifiques monumens.

N'aspirez pas à l'empire du monde, à la bonne heure ! laissez en paix l'Europe, si l'Europe vous laisse en paix. Mais lorsque le génie brillant, aventureux même, de la France vous ouvre un monde nouveau, où vous pouvez aller porter le flambeau de la civilisation ; lorsque des combats, qui en sont le prélude malheureusement inévitable, appellent vos populations, nées pour tous les genres de gloire, à partager des dangers que suivra une colonisation immense, infaillible, vous iriez poursuivre ce système de parcimonie, d'hésitation, d'antagonisme même, qui, depuis dix ans, tient sans cesse en question notre conquête, et jusqu'à notre honneur ! Vous pourriez encore marchander et sur l'argent et sur l'armée !

Oh ! c'est à vous, M. Thiers, à vous qui, né avec l'empire, en avez sucé le lait généreux, c'est à vous à porter la parole au nom d'un roi, qui sait aussi ce que c'est que la gloire ; en qui l'amour de la paix ne saurait affaiblir ce noble sentiment ; d'un roi dont le cœur est éminemment français. C'est à vous de vaincre cette résistance persévérante contre le développement de notre conquête ; de prouver, par l'exemple décisif de Constantine, qu'on peut rallier au protectorat de la France les populations indigènes, alors que ce protectorat sera fort, assuré, et s'étendra sur tous les points de la régence. C'est à vous de dire que la France ne compte ni ses richesses, ni ses enfans, alors qu'il s'agit pour elle d'une noble et féconde mission. — C'est à vous de faire bien comprendre à l'Europe, que, vainement, elle croirait nous trouver affaiblis par cette vaste entreprise ; que jamais la France n'a bouillonné de plus d'élan, fermenté de plus de sève. — Ouvrez-lui cette large voie, pour le repos de l'Europe et de la France elle-même ; et donnez pour gage de la paix cette guerre en faveur de la chrétienté tout entière.

Là, s'arrête mon programme pour les affaires de l'intérieur, à l'exception d'Alger. Il a été tracé d'avance par le cabinet, dont la retraite digne de tant de regrets, laisse à son successeur une si ample matière de travail et de débats. Il me reste à examiner rapidement la partie du programme qui embrasse les rapports de la France avec les puissances étrangères, tant en Europe que dans les autres continens. C'est un vaste sujet qu'il m'est permis seulement d'effleurer.

Je ne puis m'empêcher d'examiner, à l'occasion de nos affaires à l'extérieur, la position de M. Thiers, pour faire face à ces grands intérêts. Son ambition (et, pour ma part, je ne doute pas qu'elle ne soit noble et toute nationale) a été, depuis sa présidence du 22 février, de ressaisir la direction du cabinet, principalement à l'endroit de la politique étrangère. Sans l'approuver, j'ai conçu son opposition, parce qu'en réalité, il y avait, entre ses compétiteurs au pouvoir et lui, de profondes dissidences sur l'une des difficultés capitales, la réorganisation de l'Espagne.

Je ne crains pas de l'avouer : quelque haute que soit mon estime, ma vénération, j'oserai dire mon affection pour l'illustre chef du cabinet du 15 avril ; quelque foi que j'eusse et que j'aie encore dans la sagesse, la netteté, l'élévation de ses vues, j'ai toujours partagé l'opinion de M. Thiers sur l'Espagne. Cette opinion, j'avais pris la peine d'aller la former sur le théâtre même de cette régénération sanglante et laborieuse ; cette opinion s'était affermie par celle de l'un des diplomates les plus expérimentés, les plus prévoyans, les plus généreux que la France ait eus encore, et qu'elle a perdu.

L'intervention en Espagne, telle qu'il la concevait, telle qu'il la réclamait de tous les ministères, avec les plus vives instances, n'était certainement pas celle contre laquelle tant de préventions, tant de craintes se sont élevées; c'est-à-dire, *l'occupation de l'Espagne entière*, pour lui imposer une forme de gouvernement, et en faire la police : pensée absurde, à laquelle personne n'a songé, et M. Thiers, je pense, moins que tout autre. Il ne s'agissait que d'une application large du traité de la quadruple alliance, sainement entendue : à savoir, l'expulsion de don Carlos des provinces de Navarre et de Biscaye; la pacification de ces provinces; leur réconciliation avec avec le gouvernement central : toutes choses qu'elles réclamaient les premières, et qui auraient fait cesser, comme par enchantement, la guerre civile.

Oui, je reste avec cette conviction intime : le jour où un corps d'armée français serait entré dans les provinces du nord, dans le seul but de les affranchir de don Carlos, et de les réconcilier avec Madrid, ce jour-là tout était fini pour le carlisme, en Espagne et en France. L'effet moral de cette simple démonstration eût été immense, et l'Europe tout entière s'y serait soumise, car le maintien de la paix en dépendait. *Don Carlos à Madrid : c'était la guerre*, ou *l'avilissement de la France.*

C'est là ce que M. Thiers avait admirablement

pressenti ; c'est le terrain sur lequel il m'a paru toujours heureusement placé. Hors de là, son opposition n'était que de pure forme, de position person-
nelle. *Ancône*, la *Belgique*, lui offraient des thèmes
retentissans, pour se poser en face *du 15 avril*. Il n'y
avait pas un mot véritablement sérieux à dire, quant
à Ancône. Les conventions entre Rome, l'Autriche et
la France étaient claires, positives ; leur exécution
loyale et complète, du côté de chacune des parties,
ne pouvait, ne devait éprouver aucune difficulté.

La solution de la question hollando-belge était
non moins commandée par les termes des conventions entre toutes les puissances intéressées ou
médiatrices ; et, s'il faut rendre grace à M. Molé,
c'est d'avoir débarrassé, d'une manière définitive,
la France et l'Europe de ce litige menaçant. Au
surplus, nous n'en voulons pour témoignage que
la Belgique et la Hollande, elles-mêmes : M. Thiers
surtout, doit s'en féliciter : c'est un grand embarras
de moins pour lui. Il lui en reste assez pour pouvoir l'occuper d'une manière digne de sa vaste intelligence politique.

Le voilà donc, au gré de cette ambition que je
me suis plu à nommer généreuse, l'inspirateur du
pouvoir à l'intérieur ; le chef, le directeur des af-

faires de la France à l'étranger. La couronne, avec
sa parfaite entente des conditions de la monarchie
constitutionnelle, s'en remet à la sagesse, à l'habi-
leté de son conseil responsable. C'est bien là le gouvernement parlementaire, tel qu'on doit le concevoir, avec ses nécessités; ses péripéties, mais, aussi,
avec sa force. M. Thiers a, de nouveau, l'honneur
d'en être investi : voyons-le donc à l'œuvre encore.

On parle beaucoup des alliances de la France.
Les uns, s'associant à la pensée de M. Thiers, sont
partisans déclarés de l'alliance anglaise ; les autres
n'y voient que rivalité jalouse, défaut de sincérité,
machiavélisme, déception, et demandent qu'on l'a-
bandonne, pour renouer des alliances continen-
tales, bien plus naturelles, bien plus sûres. Je ne
partage ni la pensée absolue des uns, ni l'éloigne-
ment non moins exclusif des autres. En fait d'alliances, je considère qu'il en faut avoir avec tout
le monde, si c'est possible, par conséquent, ne tomber dans aucun système d'exclusion.

J'ai peu de foi, je l'avoue, dans la parfaite droi
ture de l'Angleterre, à l'endroit de son alliance avec
nous. L'Espagne, que j'ai étudiée principalement,
sous ce point de vue, en est pour moi une preuve
certaine. Ainsi, lorsque, dès l'apparition de don Car-

los, l'intervention de la France fut, sinon proposée d'une manière formelle par notre cabinet, au moins, présentée comme moyen prompt et efficace d'exécuter le vœu du traité de la quadruple alliance, l'Angleterre répondit négativement, sous le prétexte que le *casus fœderis* n'était pas encore arrivé.

Quand le pouvoir passait aux mains des hommes les plus éminens de l'Espagne, les plus libéraux, dans la juste acception du mot, les plus constitutionnels : les *Martinez de la Rosa*, les *Toreno*, les *Isturitz*, l'Angleterre leur retirait toute sa bienveillance. Ses journaux s'élevaient contre eux avec une véhémence extrême. M. Mendizabal, son agent le plus actif, leur était opposé. Les juntes se soulevaient. La révolte soldatesque menaçait le trône. Du moment, au contraire, où le pouvoir rentrait aux mains de M. Mendizabal, toute la faveur de l'Angleterre était acquise à l'Espagne, et le radicalisme triomphait.

Pourquoi cette résistance hostile aux uns et cette protection affectueuse à l'autre? La cause en est simple, évidente : c'est qu'avec les hommes d'opinions sages, modérées, dont la politique se réglait sur les besoins réels de l'Espagne, sur son affinité naturelle avec la France; l'influence française s'y étendait naturellement aussi ; par cela, même, cette influence, soit morale, soit matérielle, contrariait les intérêts de l'Angleterre. Son opposition était donc parfaitement logique, dans ce système de *la politique des intérêts*, le seul qu'elle doive suivre ; le seul qu'elle doive s'efforcer de faire prévaloir, parce que c'est une politique de conservation et de nécessité.

Et ce que je viens de dire pour l'Espagne, s'applique à toutes les questions où les intérê tsde l'Angleterre sont traversés par les intérêts français. Tout cela est rationnel, tout cela forcé, et M. Thiers, mieux que personne, doit le comprendre. Aussi, croyez-le bien : tout en préconisant l'alliance anglaise, sous le point de vue de la conformité des institutions et des principes, M. Thiers n'est nullement disposé à y sacrifier la dignité et la prospérité de la France. Sa force, son autorité sur l'opinion sont fondées sur la sympathie qu'elle a conçue pour lui, par cela même qu'il est d'origine impériale, par conséquent français, ardemment français. Ainsi, dès qu'il sera démontré pour lui (ce qui pourrait bien ne pas être éloigné), que l'Angleterre fait bon marché de notre alliance, et la subordonne à l'avantage que, seule, elle en peut recueillir, ce jour-là, M. Thiers sera le premier à lui rendre indifférence pour indifférence, sinon, hostilité pour hostilité. Je n'ai donc aucune crainte, pour ma part, sur la tendresse apparente de M. Thiers pour l'Angleterre. Comme il l'a dit, c'est une alliance de principes, celle de toutes que l'on rompt le plus facilement, quand elle blesse l'honneur et l'intérêt du pays.

Nos relations avec le nord de l'Europe, quelles sont-elles ? (Je ne me sers pas du mot *alliance*; je le réserve encore pour l'Angleterre). C'est, aussi, un point sur lequel je puis me permettre de jeter quelque jour.

Ici, évidemment, le principe politique est contre nous, mais l'intérêt est pour nous, ce qui vaut mieux encore. J'ai exposé, en termes généraux, qu'elle est notre situation à l'égard de trois grands cabinets, *la Russie*, *l'Autriche*, *la Prusse*. Il n'est pas sans intérêt d'examiner de plus près cette situation.

La Russie.

Là, plus que partout, la révolution de Juillet a excité une vive irritation. La nature ardente, impérieuse de l'empereur Nicolas, le porte naturellement vers les résolutions extrêmes. Mais, heureusement pour l'Europe et pour la Russie elle-même, ses premiers mouvemens sont tempérés par un sens très droit ; il a, d'ailleurs, auprès de lui, le meilleur et le plus tendre des conseillers, l'impératrice, auguste héritière de la sagesse paternelle.

L'empereur a donc trouvé, dans sa propre raison, dans la prudente douceur de l'impératrice, dans l'expérience profonde du comte de Nesselrode, dont M. Pozzo di Borgo a été long-temps le très habile inspirateur, de puissans motifs de vaincre son impatiente hostilité. L'Autriche et la Prusse étaient là, pour s'opposer à toute démonstration téméraire.

Mais ce que la sagesse a obtenu, n'a pas affaibli encore la résistance morale que la France de juillet éprouve dans le for intérieur de l'empereur Nicolas. Nos rapports politiques avec la Russie s'en ressentent nécessairement, au grand désavantage des deux pays. Cependant, tout les porte à se rapprocher, à s'estimer, à cimenter les relations de bonne intelligence qui conduiront au développement des relations d'intérêt. La Russie et la France sont, par leur position, les deux grands contre-poids de l'Europe continentale. Elles ne peuvent pas se choquer, sans froisser entre elles les nations intermédiaires, et bouleverser tout l'équilibre social. Il a fallu des événemens extraordinaires, et l'immense impulsion donnée par le génie des temps modernes, pour pousser la France jusqu'au cœur de la Russie, et, par réaction, conduire la Russie jusqu'au cœur de la France. Cette lutte gigantesque ne se reproduira plus. Une coalition nouvelle aurait le même résultat : la France ferait encore le tour de l'Europe, et trouverait, nécessairement enfin, son jour de revers.

Ceci nous mène à parler de la grande, on pourrait dire, la seule difficulté du moment : la solution de la question d'Orient. En effet, l'Espagne a cessé d'en être une. Parviendra-t-elle, un peu plus tôt ou plus tard, à accomplir sa réforme sociale, avec l'institution constitutionnelle ? C'est là, seulement, qu'est non plus le doute mais l'appréciation de temps. Don Carlos, avec son régime d'opression et de fanatisme, a pour jamais disparu de la scène politique : ses protecteurs du nord l'avaient depuis long-temps pressenti.

L'Orient.

Jamais litige plus imposant, plus vaste, que celui dont la Turquie et l'Egypte sont l'objet. Il embrasse trois mondes : *l'Europe, l'Asie et l'Afrique ;* tous les trois y ont un immense intérêt. Eh bien ! je suis fier de le dire pour la France : c'est à elle qu'appartient l'honneur de le résoudre, par cela

qu'elle peut empêcher qu'aucune des parties abuse
de sa force.

L'Egypte s'est arrêtée sur un mot de la France;
l'ambition profonde et prudente de Méhémet Ali a
senti qu'elle ne devait pas aller plus loin. Mais sa
modération même lui donne des droits que la Turquie devrait s'empresser de reconnaître, pour sa
propre stabilité; car si leur consécration ajoute, sans
doute, à la force du vice-roi, elle fait, par cela
même, celle de l'Islamisme.

Méhémet-Ali, avec l'hérédité de l'Egypte et de la
Syrie, devient le plus ferme appui du trône des Os-
manlis. Son vasselage, si puissant qu'il soit, est
cent fois préférable pour la Turquie, au protectorat de la Russie et de l'Angleterre. C'est ce que la
France doit s'efforcer de faire comprendre au Divan
et aux deux hautes protectrices elles-mêmes.

Car, enfin, à qui persuader qu'elles puissent vouloir la même chose? N'est-il pas de l'intelligence
politique la plus vulgaire, que l'Asie est le théatre
où toutes deux tendent nécessairement à se heurter?
C'est l'Asie, l'Asie seule qui offre à la Russie un immense continent à exploiter, pour sa richesse agricole
et son développement industriel, tous les jours crois-
sant. L'Angleterre le sait, le voit, et toutes les dé-

monstrations apparentes de la diplomatie ne peuvent dérober les projets de l'une et les trop justes appréhensions de l'autre.

Le rôle de la France est indiqué par cette double appréciation. Elle doit vouloir, à la fois, que l'Egypte soit forte, pour l'affermissement et la régénération de la Turquie, elle-même.

C'est une des premières conditions de l'équilibre européen, que le protectorat intéressé de la Russie ou de l'Angleterre tend à rompre violemment.

L'Autriche.

L'Autriche est admirablement placée pour seconder la politique de la France. Le cours du Danube est pour elle, en quelque sorte, la vie. La Turquie ne peut plus être, pour l'Autriche, un objet de crainte, et c'est par elle que l'Orient tout entier lui est ouvert. Aussi avec quelle vigilance, quelle active sollicitude, l'Autriche veille sur ce fleuve puissant! En général, on ne sait pas assez tout ce qu'elle a de force pour s'opposer à l'ambition de la Russie. On ne se doute pas de ce que celle-ci présente de vulnérable dans sa partie méridionale, qui confine sur une ligne très étendue avec les provinces autrichiennes. L'Autriche peut, demain, entrer en Bessarabie, et, en peu de mois, menacer Odessa et Sébastopool.

Soyez donc parfaitement tranquille sur l'alliance politique de la Russie et de l'Autriche ; elle ne va pas jusqu'à l'abnégation, et toutes deux savent parfaitement ce qu'elles ont à espérer ou à craindre l'une de l'autre.

Mais ce que la France ne sait pas, M. Thiers doit le savoir ; et cette connaissance des nécessités réciproques de position, soit de l'Angleterre à la Russie, soit de la Russie à l'Autriche, sont des règles certaines de conduite qu'une politique habile et prévoyante doit s'empresser de suivre.

La Prusse.

Enfin la Prusse, quoique intéressée d'une manière moins immédiate dans les affaires d'Orient, pèse d'un poids considérable dans la balance, dont il appartient à la France de maintenir l'équilibre.

La Prusse est, aussi, une nation trop peu connue de nos grands théoriciens de la presse et de la tribune. Ils ne s'avisent pas de savoir ce qu'il y a de force, de prudence, de modération, dans ce gouvernement d'un peuple instruit, laborieux, économe, jaloux de son indépendance, de sa dignité, et qui ne le cède à aucun autre en fait de moralité et de science. Là, comme en Autriche, comme en Russie, de très hautes intelligences président aux destinées du pays,

veillent à la conservation de la paix. Les *Wittgens-
tein*, les *Metternich*, les *Nesselrode*, voilà de grands
et sages conseillers, et ceux-là ne tombent pas d'é-
poque en époque, sous le coup de conjurations prétendues parlementaires. Ceux-là, pendant des demi-
siècles, secondent, de toute la force de leur raison,
de tout leur patriotisme, l'action tutélaire du trône.
Ceux-là admirent, en frémissant, une nation qui se
fait un jeu de sa puissance, de sa richesse, qui brise
institutions, ministres, rois, même, et, cependant,
qui ne périt pas ; et, cependant, qui se relève plus
forte encore.

Oh! qu'il lui serait facile, à cette nation, à la fois
sublime et insensée, d'être la reine de l'Europe et du
monde ; non plus par la conquête et l'oppression,
mais par l'ascendant glorieux de ses arts, de sa grâce, de ses merveilles, de ses plaisirs ! Oh ! qu'il sera
grand, sur tous, celui qui saura la diriger et la
contenir dans cette voie pacifique et pourtant domi-
natrice ! Un homme, né dans les plus beaux jours
de nos plus belles gloires ; un homme animé de la
généreuse envie de diriger la génération jeune et
féconde ; un homme qui, pour satisfaire à cette soif
de sa nature, a joué à ce mauvais jeu du renverse-
ment du pouvoir, et a triomphé enfin ; cet homme
accomplira-t-il l'œuvre immense qu'il a téméraire-
ment ambitionnée?

La partie qu'il a gagnée, grâce à de dangereux auxiliaires, ne la perdra-t-il pas, par eux ou contre eux ? Les nobles adversaires qu'il a vaincus, le laisseront-ils en paix jouir de sa victoire, et ne s'efforceront-ils pas de lui ôter l'honneur du prix dont ils sont, comme lui, si justement jaloux ? Celui qui, entre tous, a le plus de droits d'y prétendre, aura-t-il le cœur assez haut pour souffrir qu'un autre que lui en conquière l'éternelle illustration ? Pourra-t-il se surmonter jusqu'au point d'applaudir au succès ou d'honorer la défaite ? C'est là un de ces problèmes que la tribune va résoudre. La France, l'Europe, le monde, attendent l'issue d'une lutte, dans laquelle l'avenir du pouvoir, de nos institutions, celui du trône lui-même, sont engagés.

Je me résume.

La situation est grave, anormale. A l'intérieur, l'existence réelle, l'action énergique, active, du pouvoir sont en question. Au dehors, l'ascendant de la France, compromis par nos débats intestins, a besoin d'une direction ferme et prudente, à la fois, qui intervienne dans les litiges de l'équilibre européen, comme force médiatrice et bienveillante. La droiture, la dignité, doivent en être le caractère distinctif.

Il ne peut plus y avoir pour la France de ces roueries diplomatiques, qui n'ont pour résultat que la défiance et la déconsidération. Notre politique doit être celle d'un grand peuple, qui n'a pas besoin de conquêtes pour étendre sa domination, auquel le plus beau pays du monde suffit, comme gloire et comme richesse, et qui ne veut pour lui, comme pour tous, que la paix, l'ordre, le perfectionnement régulier des institutions, en harmonie avec les mœurs nationales.

M. Thiers aspire à l'honneur de résoudre ces deux hautes difficultés de la situation intérieure et extérieure. Oublions que, pour y parvenir, il a été l'ardent promoteur d'une coalition contre une des plus nobles raisons de notre ordre politique, et dont les titres le disputent à tous. Nous osons nous porter garant que cet illustre adversaire n'imitera pas l'exemple d'une ambition impatiente ; qu'il en verra le succès avec bonheur, sinon sans envie ; qu'il la secondera, de toute la sagesse de son expérience, la dignité de sa raison dans l'arène parlementaire dont il conjurera les périls. Eh! mon Dieu! trop d'événemens, trop d'obstacles, trop de haines, pour tout pouvoir, quelque nom qu'il porte, prendront soin d'embarrasser la marche du nouveau cabinet, sans qu'un cœur aussi haut descende jusqu'à une conjuration nouvelle.

C'est à la majorité à suivre ce généreux exemple. Effaçons de nos souvenirs des dénombremens irritans. Que les 224, les 213 n'appartiennent plus qu'à l'histoire. Qu'il n'y ait dans les chambres, dans le pays, que deux partis : les hommes de l'ordre, des améliorations morales, positives, par les conditions régulières et paisibles de nos institutions, et quelques esprits irréconciliables, quelques théoriciens systématiques. Plus de ces programmes qui égarent dans de vaines abstractions des natures passionnées et ignorantes! *Des choses, et non des maximes!* — *Du travail, et non des phrases !* — *De la morale en action, et non des catéchismes !*

Vainement des organes querelleurs s'efforceraient de rallumer le combat. J'ose l'affirmer : si le pouvoir, à quelque nom, à quelque date qu'il appartienne ; si la majorité, quelles que soient les nuances constitutionnelles qui la forment, s'emparent de cette situation d'attente ; s'ils s'accordent pour absoudre un passé de luttes, d'ambitions et de coteries ; s'ils se réunissent pour entourer le trône de leur dévoûment ; si, enfin, ils concentrent leur action dans une seule pensée, *le Pays,* tout est gagné, et pour le pouvoir, et pour les chambres, et pour la couronne. Le présent et l'avenir de la France dépendent de cet heureux accord.

9 782014 058932